SATIRE
SUR LES ABUS
DU LUXE,
SUIVIE
D'UNE IMITATION DE CATULLE.
*Par M. C***.*

A GENEVE,

Et se trouve A PARIS,

Chez LE JAY, Libraire, rue Saint Jacques, au-deſſus
de celle des Mathurins, au Grand Corneille.

M. DCC. LXX.

AVERTISSEMENT.

CETTE Satire n'eſt point une déclamation académique, ni une diſſertation ſur une matiere qui demanderoit des volumes pour être approfondie: j'ai pris la fleur de mon ſujet, & l'ai traité quelquefois dans le genre de Juvénal, & plus ſouvent dans celui d'Horace.

Le ton du premier conviendroit peut-être mieux pour un ſiècle comme le nôtre; mais il eſt dangereux de s'y trop livrer: ſes emportemens ſont preſque toujours d'un déclamateur miſantrope. Le ton d'Horace eſt d'un Philoſophe enjoué, & d'un Poëte aimable, qui veut d'abord plaire aux hommes ; plus sûr de les corriger en les amusant qu'en les prêchant.

J'ai tâché, à son exemple, de semer dans cet Ouvrage un peu de cette variété qu'on ne trouve plus dans nos pièces de Poësie, & qui fait pourtant le plus grand charme des vers. Cette variété est sur-tout indispensable dans la Satire, qui, selon son ancien caractère, est un *mélange* de différentes choses ; ce que Juvenal appelle *Farrago*, & qu'on pourroit comparer aux *ambigus* de nos tables.

J'avois d'abord voulu donner beaucoup plus d'étendue à ma Satire, en parlant du tort que le Luxe fait aux Arts mêmes dont il est né ; mais j'ai cru que c'étoit un sujet digne d'un Ouvrage à part. Entre plusieurs Vers que j'avois déja faits, dans mon premier deſſein, en voici quelques-uns qui donneront une idée de la maniére dont je voulois traiter ce ſujet intéreſſant.

Je me faiſois faire une objection en faveur du Luxe qui nourrit les Arts; je prenois de-là occaſion de prouver qu'il les étouffe & les corrompt par trop de nourriture.

Mais ne ſavez-vous pas que la magnificence,
La ſplendeur de l'Etat annonce ſa puiſſance;
Que la foule des Arts, les jeux & le plaiſir,
Enfans de l'opulence & du plus doux loiſir,
Précédés du travail frère de l'induſtrie,
Du Riche qui les aime embelliſſent la vie,
Du Pauvre qui les ſert deviennent le ſoutien,
De la Société poliſſent le lien,
Etendent le Commerce & ſes branches fertiles,
Font l'agrément du Peuple & l'ornement des Villes,
Appellent dans leur ſein l'Etranger curieux,
Utile admirateur d'un Peuple induſtrieux;
Et l'eſprit à jamais plein de tant de merveilles,
Il en ira par-tout étonner les oreilles.
Oui, quand jadis Chriſtine, Amante des beaux Arts,
Venoit nous admirer de ſes doctes regards,

Auprès du grand Louis, elle vit de grands Hommes :
Aujourd'hui, dans nos goûts, aimables que nous sommes !
On ne lui montreroit Voltaire, ni Buffon,
Mais Torré, Nicolet, & l'Opéra Bouffon,
  &c. &c. &c.

SATIRE
SUR LES ABUS
DU LUXE.

A la table des Grands, jadis, d'un ton badin,
Voltaire a pu chanter les plaifirs du *Mondain*.
Plus fage, il n'eût pas dû, pour flatter la licence,
Rire aux dépens des mœurs de l'antique innocence,
Ni railler lâchement, par des traits rebattus,
L'honnête Pauvreté compagne des vertus.
Egayons la raifon, les bons mots font fes armes ;
Mais, fans elle, un bon mot pour moi n'a plus de
     charmes.
Philofophe hypocrite, ici je ne viens pas
Profcrire la richeffe, & l'envier tout bas :

Je veux, au peuple fou qui boit l'eau de la Seine,
Reprocher les excès d'une opulence vaine,
Et l'amour ruineux de tant de biens trompeurs,
Qui lui font méprifer les vrais biens & les mœurs.

Dès que le Luxe, auteur des befoins inutiles,
Né du fafte des Cours, a paffé dans les Villes,
Que la fortune égale, ou confond tous les rangs,
Que le Riche nouveau marche à côté des Grands,
Et que la Pauvreté paffe pour le feul vice,
La fureur de briller s'unit à l'avarice :
Le Dieu des cœurs, c'eft l'or. La foif d'en acquérir (a)
Excite à tout ofer, condamne à tout fouffrir.
L'honneur & la vertu ! vains noms, frein ridicule,
Inventé pour les fots, dupes d'un fot fcrupule.
∞ Mon voifin, qui furpaffe un Prince en revenu,
∞ Jadis, de fon Village, arriva le pied nu : (b)
∞ Son carroffe aujourd'hui fait voler la pouffière;
∞ Avant d'entrer dedans, il fut long-temps derrière.

(a) Magnum, pauperies, opprobrium, jubet
Quidvis & facere & pati,
Virtutis que viam deferit arduæ. (Horat. Od. XVIII, lib. III).
(b) Vincant divitiæ, facro nec cedat honori
Nuper in hanc Urbem pedibus qui venerat albis. (Juv. Sat. I.)

» Armé d'un front d'airain, souple, adroit, diligent;

» A la fin, de l'Etat il fit rouler l'argent:

» De-là cette maison bruyante & somptueuse;

» La mollesse, les Arts, troupe voluptueuse,

» Ornent tous les momens d'un Faquin engraissé,

» Du sang de la Patrie & du Peuple oppressé.

» Pourquoi n'irai-je pas dans la route commune,

» Quelque honneur qu'il en coûte, essayer la fortune?

» D'un remords puéril à quoi bon s'allarmer,

» Dans un siècle où l'argent vous fait même estimer?

C'est ainsi que, par-tout, j'entends parler sans cesse

Ces esprits qu'a troublés l'amour de la Richesse;

Prêts à tout affronter, ils se feroient un jeu

De renier pour elle, amis, parens & Dieu.

Chacun dans ces excès à l'envi se surpasse.

L'un s'en va défier cet orageux espace,

Par qui le Ciel croyoit séparer les humains; (c)

Traverse, impatient, les liquides chemins,

Parcourt, affamé d'or, cent fois le nouveau monde,

Du libre Américain trouble la paix profonde,

(c) Ne quicquam Deus abscidit
Prudens Oceano dissociabili
Terras. (*Horat. Od.* iii, *lib.* i).

Et trafiquant le Nègre, ainſi qu'un vil bétail;
Lui paye, en l'aſſommant ſa peine & ſon travail;
Afin de revenir, d'un bien qui l'incommode,
Combler le Parfumeur, ou l'Actrice à la mode,
Par ſon faſte inſolent ſe faire reſpecter,
Ruiner vingt Marquis jaloux de l'imiter;
Faire envier ſur-tout ſa cruelle induſtrie
A mille ambitieux qui, fuyant leur Patrie,
Yvres du même eſpoir, payés d'un autre ſort,
Vont chercher la fortune, & trouveront la mort.

Cet autre, pour nourrir un Luxe ſans meſure,
Groſſit ſes revenus par une triple uſure;
Avare le matin, & prodigue le ſoir.

Pluſieurs, (& chaque jour Paris nous en fait voir)
En excès faſtueux conſumant leur fortune,
Prenant de toutes mains, & ne rendant d'aucune,
Bientôt forcés de fuir, à l'abri des Huiſſiers,
Glacent d'un morne effroi leurs pâles créanciers.

Que de jeunes Beautés, d'un vain éclat char-
    mées,
Jalouſes de briller, plutôt que d'être aimées,
Livrent au plus offrant leurs avares appas,
Font payer un amour que leur cœur ne ſent pas;

Du Courtifan prodigue épuifent la richeffe;
De leur Luxe impudent éclipfent la Ducheffe;
Et peut-être, à des yeux féduits d'un faux bonheur,
Font aimer en fecret le prix du deshonneur!

  Pourquoi cet homme noir, qui fans ceffe clabaude,
Qui s'enroue au Barreau, criant contre la fraude,
Fait-il donc de fon train murmurer fon quartier?
Défendre l'innocence, eft-ce un fi bon métier?
Il eft vrai qu'en fes mains, une caufe facile
S'allonge en embarras, en chicanes fertile.
Veut-on la terminer par un accord prudent?
Il l'achète, & lui feul s'enrichit en plaidant.

  Mais voyez-le régner fur fes Vaffaux ruftiques;
Et déployer contre eux fes fourbes juridiques.
A l'un il coupe un champ pour arrondir le fien;
L'héritage de l'autre eft devenu fon bien.
Pour étendre fa vue, il rafe une chaumière.
Bientôt ces malheureux, chaffés par la mifère, (d)

(d) Quid, quodufque proximos
  Revellis agri terminos & ultrà
  Limites clientium
  Salis avarus? pellitur paternos
  In finu ferens Deos
  Et uxor, & vir, fordidos que natos.
    (*Horat. Od. XV, lib. II.*)

Mendiant un secours qu'ils ne recevront pas,
Emportent leurs enfans pleurans entre leurs bras.

    L'intérêt, né du Luxe, endurcit tous les hom-
       mes.

    Et pourquoi tant de soins? insensés que nous som-
       mes !

Est-ce pour être heureux? Sous de riches lambris,
Sentons-nous mieux la joie animer nos esprits?
Sur le mol édredon dormez-vous plus tranquile?
Vos mêts sont-ils meilleurs sur l'or que sur l'argile?
Ces Valets fainéans, dont votre vanité
Dépeuple la Campagne, & remplit la Cité,
Chassent-ils les ennuis, la fièvre, l'insomnie, (e)
Ou vous défendent-ils contre la calomnie?

    Cet orgueil d'éblouir par un frivole éclat,
Fait même au sot Bourgeois oublier son état.
Tant de folie un jour à peine sera crue:
L'obscur Marchand rougit d'être à pied dans la rue;
Fier d'être ballotté, cahoté, secoué
Dans un sale équipage à tous venans loué.

(e) Non domus, & fundus, non æris acervus & auri
    Ægroto domini deduxit corpore febres,
  Non animo curas. (*Horat. Epist.* 11, *lib.* 1).

Si quelque vent heureux vient enfler fon négoce ;
Dans peu vous lui verrez laquais, chevaux, car-
    roffe.
Il va, comme un Prélat, écrafer les paffans.
» Moi, dira-t-il, je fais ce que font mille gens.
» Voyez le fier Irus rouler dans fa voiture :
» Irus du pied d'Æglé va prendre la mefure.
    Oh ! que , par un Edit, l'on feroit prudemment
De réprimer le cours d'un tel débordement !
Déja le Citoyen, comme aux guerres civiles,
Ne marche qu'en tremblant fur le pavé des Villes ;
Et, confumés fans fruit, les robuftes chevaux
Bientôt s'en vont manquer aux ruftiques travaux.
    Qui ne croiroit qu'au moins cette fleur d'opu-
    lence
Porte avec foi le fruit d'une heureufe abondance !
Mais le Luxe, après lui, traîne la Pauvreté ;
Il unit la mifère avec la vanité.
Sous un dehors brillant fatisfait de paroître,
Tel veut paffer pour riche, & fe prive de l'être.
Jamais, fous le foleil, il n'eut un feul guéret ;
Son breuvage impofteur naquit au cabaret ;
Il peut manquer de tout fous l'or & fous la foie ;

Et fur lui tout fon bien en habits fe déploie: (*f*)

D'abord le fuperflu, le néceffaire après.

Nos aïeux, plus contens, vivoient à moins de frais.

Ils n'avoient ni lambris, ni trumeaux, ni dorures ;

La laine compofoit leurs modeftes parures.

Ils n'embarraffoient point la Ville de leur train ;

Ils n'enrichiffoient point ni Dulac, ni Martin ;

Mais ils voyoient fans crainte augmenter leurs fa-
 milles.

La fage économie étoit la dot des filles. (*g*)

Leurs fils, dans le travail durement élevés,

Offroient à leur Pays, non des bras énervés,

Non la molle tiédeur d'un cœur pufillanime,

Mais, dans un corps robufte, une ame magnanime.

Le Français étoit gai, brave, & peu raifonneur,

Aimant fon Roi, fa Dame, &, plus que tout, l'honneur.

Dans nos jours fignalés par nos vanités folles,

Combien s'appauvriffant en richeffes frivoles,

. (*f*) Henri IV. fe moquoit énergiquement des Grands de fa Cour,
qui portoient leurs hautes futayes fur leur dos.

(*g*) Dos eft magna, parentium
 Virtus.   (*Horat. Od. xviii, lib. iii.*)

S'impofant des befoins qui s'accroiffent toujours,
Au célibat ftérile ont deftiné leurs jours!
Combien, des fruits d'hymen redoutant la naiffance,
De la chafte Lucine (h) ont fruftré l'efpérance!

    Plus coupable celui de qui l'orgueil cruel
Préfère à fes enfans fon Luxe criminel!
» Mon fils, dit-il à l'un, doéte ou non, fot ou fage,
» Dévot ou libertin, l'Eglife eft ton partage.
» Vous, ma fille, il vous faut, renonçant à l'amour,
» Dans un Cloître béni, reléguer fans retour ;
» Afin que votre aîné, plus riche en votre abfence,
» Me faffe, dans le monde, honneur par fa dépenfe.

    Ah! contre tant d'abus l'on criroit vainement;
Sur-tout quand le fubtil & faux raifonnement,
Sous le nom de raifon & de philofophie,
Maintient dans les efprits l'erreur qu'il juftifie.

    (i) Vous donc qui gouvernez les mortels cor-
      rompus,

(h) Aujourd'hui l'on mettroit *Population* au lieu de *Lucine*; mais un Poëte ne doit pas écrire comme un Economifte.

(i) O quifquis volet impias
    Cœdes & rabiem tollere civicam;
    Si quæret, pater urbium,
    Subfcribi ftatuis; indomitam audeat
    Refrœnare licentiam.   (*Horat. Od.* XVIII *lib.* III).

O mortels couronnés ! voulez-vous faire plus

Qu'être grands dans la paix, ou puiſſans dans la
     guerre?

Voulez-vous rappeller les vertus ſur la Terre?

Arrachez-en le Luxe ; avec lui s'enfuiront

La Molleſſe ſi douce à ceux qu'elle corrompt;

L'Oiſiveté, ſang ſue aux riches attachée;

Sous un éclat menteur la Pauvreté cachée;

L'amour du gain plus fort que l'amour des hon-
     neurs,

La Débauche ſans frein qui foule aux pieds les
     mœurs.

D'un vain tas d'Habitans les Villes ſurchargées

Rendront des Laboureurs aux terres négligées.

L'art le plus fructueux qu'ont exercé nos mains,

Le ſeul qui n'a jamais corrompu les humains,

L'art de Cérès, remis dans ſon honneur antique,

Paroîtra parmi nous moins triſte & moins ruſtique.

Les richeſſes des champs, purs & ſolides biens,

Feront évanouir nos magnifiques riens:

Trop riches en effet de perdre, avec conſtance,

Tant de biens ſuperflus qui font notre indigence!

                          Mais

(*k*) Mais quittons ce haut ſtyle. Auſſi-bien dira-
  t-on

Que Mentor autrefois, à peu près ſur ce ton,

Prêchoit aux Salentins ſa triſte économie ;

Et que , pour diſputer un Prix d'Académie,

Luttant contre La H. . . ., en un ſujet ſi beau ;

J'ai rimé , comme lui, Jean-Jacque & Mirabeau.

(*k*) Jam ſatis eſt : ne me Criſpini ſcrinia lippi
  Compilaſſe putes.   (*Horat. Sat. I , lib. I.*)

B

VALERII CATULLI
IN ANNALES VOLUSII,
CARMEN.

ANNALES *Volusi*, cacata cartha,
Votum solvite pro mea puella.
Nam sanctæ Veneri, Cupidinique
Vovit, si sibi restitutus essem,
Desissemque truces vibrare iambos,
Electissima pessimi Poetæ
Scripta tardipedi Deo daturam
Infelicibus ustulanda lignis.
Et hoc pessima se puella vidit
Jocosè & lepidè vovere Divis.
Nunc, ô cæruleo creata ponto,
Quæ sanctum Idalium, Uriosque apertos,
Quæque Ancona, Cnidumque arundinosam
Colis, quæque Amathunta, quæque Golgos,
Quæque Dyrrachium, Hadriæ tabernam,
Acceptum face, redditumque votum,
Si non inlepidum, neque invenustum est,
At vos intereà venite in ignem
Pleni ruris, & inficetiarum,
Annales Volusi, cacata cartha.

IMITATION
DE
CATULLE.

Venez, Œuvres de Rudofoi,
C'eft Apollon qui vous en preffe;
Venez acquitter ma Maîtreffe
Du vœu qu'elle avoit fait pour moi.
Elle promit au Dieu par qui l'on aime,
Ainfi qu'au Dieu qui me dicte des vers,
Si mon ardeur redevenoit la même,
Si je venois me remettre en fes fers;
    Elle promit, & je fouhaite
    Que l'on approuve fon deffein,
    De livrer à l'ardent Vulçain
    Les vers du plus méchant Poëte.
Affez long-temps, ô fade Rudofoi!
Pour cet honneur, le fec & dur Rimière
Fut pris, repris, & crut voir la lumière;
Mais la balance enfin pencha pour toi.
    Venez, Œuvres de Rudofoi,
    C'eft Apollon qui vous en preffe,
    Venez acquitter ma Maîtreffe
    Du vœu qu'elle avoit fait pour moi.